EL SEÑOR MARMOTA QUIERE EL DÍA LIBRE

Mr. Groundhog

WANTS THE DAY OFF

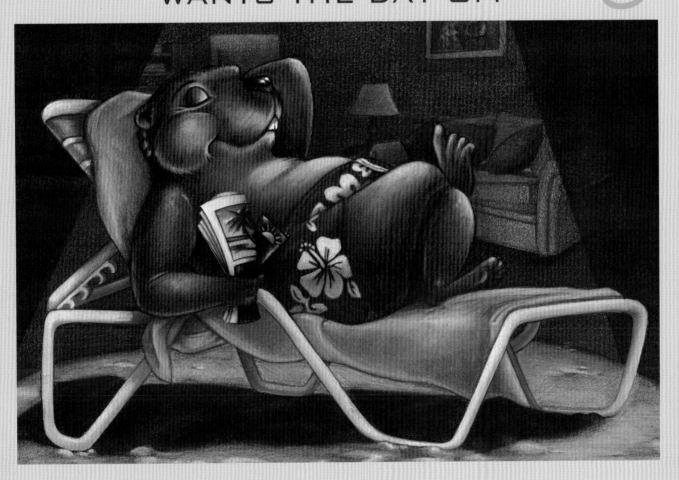

WRITTEN BY/ESCIRTO POR   ILLUSTRATED BY/ ILLUSTRADO POR

Pat Stemper Vojta   ✳   Olga Levitskiy

Thanks to my husband Ken for his support, and the joys of my life, Charlie, Nathan and Roxanne, who continue to make me a proud parent, and also Cassi for sharing this journey. ❦ *With love, P.V.*

To my family, with love and appreciation ❦ *O.L.*

Text ©2010 by Pat Stemper Vojta
Illustration ©2010 by Olga Levitskiy
Translation ©2010 Raven Tree Press

Vojta, Pat Stemper.

Mr. Groundhog wants the day off / written by Pat Stemper Vojta; illustrated by Olga Levitskiy; translated by Cambridge BrickHouse = El señor Marmota quiere el día libre / escrito por Pat Stemper Vojta; ilustrado por Olga Levitskiy; traducción al español de Cambridge BrickHouse —1 ed. —McHenry, IL : Raven Tree Press, 2010.

p.;cm.

SUMMARY: Mr. Groundhog is tired of everyone blaming him for six more weeks of winter. He asks all of his friends to take over for the day.

Bilingual Edition
ISBN 978-1-934960-77-6 hardcover
ISBN 978-1-934960-78-3 paperback

English-only Edition
ISBN 978-1-934960-79-0 hardcover

Audience: pre-K to 3rd grade
Title available in English-only or bilingual English-Spanish editions

1. Holidays & Celebrations/Other—Juvenile fiction. 2. Animals/Mammals—Juvenile fiction. 3. Bilingual books—English and Spanish. 4. [Spanish language materials—books.] I. Illust. Levitskiy, Olga. II. Title. III. Title: El señor Marmota quiere el día libre.

LCCN: 2009931227

Printed in Taiwan
10 9 8 7 6 5 4 3 2 1
First Edition

Free activities for this book are available at www.raventreepress.com

Raven Tree Press
A Division of Delta Systems Co., Inc.
www.raventreepress.com

"I will not do Groundhog Day anymore!" said Mr. Groundhog.
"I'm tired of everyone getting mad at me!
They see my shadow and blame me for six more weeks of winter.
I quit!"

—¡No voy a trabajar más el Día de la Marmota! —dijo el señor Marmota—.
¡Estoy harto de que todos se enojen conmigo!
No más ven mi sombra y me culpan de que hayan seis semanas más de invierno.
¡Renuncio!

Mr. Groundhog stood next to the hole in the ground where he lived in the park.
Everyone would wait there to see him on Groundhog Day.
He jogged around the park to help him think.

El señor Marmota estaba parado en el parque, al lado del hoyo en el suelo donde vivía.
Allí era donde todos esperaban para verlo el Día de la Marmota.
Trotó alrededor del parque para pensar.

He stopped fast when he saw he was nose–to–nose with Mrs. Rabbit.
"Oh, hello, Mrs. Rabbit," said Mr. Groundhog. Mrs. Rabbit smiled.
"Will you do Groundhog Day for me this year?" asked Mr. Groundhog.
"I'm sorry, I can't. I'm much too busy getting ready for Easter.
I have eggs to color and I must practice the Bunny Hop to lead
the parade. But I have something for you."

De pronto se detuvo cuando vio que estaba frente a frente con la señora Coneja.
—Oh, hola, señora Coneja —dijo el señor Marmota. La señora Coneja le sonrió—.
¿Podrías trabajar en mi lugar este año durante el Día de la Marmota?
—le preguntó el señor Marmota.
—Lo siento, pero no puedo. Estoy muy ocupada preparándome para la Pascua.
Tengo que pintar huevos y practicar el "Baile del conejo"
para dirigir el desfile. Pero tengo algo para ti.

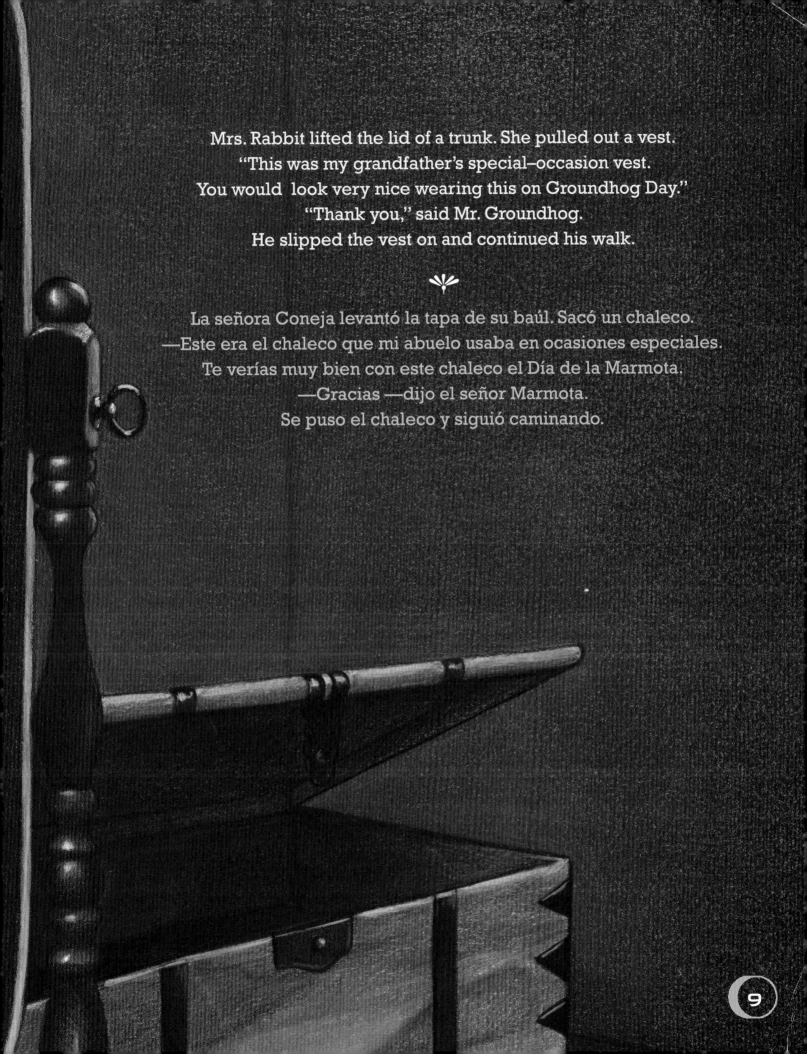

Mrs. Rabbit lifted the lid of a trunk. She pulled out a vest.
"This was my grandfather's special–occasion vest.
You would look very nice wearing this on Groundhog Day."
"Thank you," said Mr. Groundhog.
He slipped the vest on and continued his walk.

La señora Coneja levantó la tapa de su baúl. Sacó un chaleco.
—Este era el chaleco que mi abuelo usaba en ocasiones especiales.
Te verías muy bien con este chaleco el Día de la Marmota.
—Gracias —dijo el señor Marmota.
Se puso el chaleco y siguió caminando.

Then he met Mr. Turtle.

"Hi, Mr. Turtle. Would you mind doing Groundhog Day for me?" asked Mr. Groundhog.

"All you have to do is come out and greet the crowd of people."

"I would, but I can't fit into that small opening of your home.
My shell would get stuck," explained Mr. Turtle. "But I have something for you."

Entonces se encontró con el señor Tortuga.

—Hola, señor Tortuga. ¿Podrías trabajar en mi lugar el Día de la Marmota?
—le preguntó el señor Marmota—.
Lo único que tendrías que hacer es salir y saludar a la multitud.
—Me gustaría, pero no quepo en la pequeña entrada de tu casa.
Mi caparazón se quedaría atascado —explicó el señor Tortuga—.
Pero tengo algo para ti.

Mr. Groundhog followed Mr. Turtle to a cluster of bushes.
Mr. Turtle reached in and lifted out a hat.
"This is my holiday hat.
I want you to wear it on Groundhog Day," said Mr. Turtle.

El señor Marmota siguió al señor Tortuga hasta unos arbustos.
El señor Tortuga metió la mano y sacó un sombrero.
—Este es el sombrero que uso durante los días festivos.
Quiero que lo uses el Día de la Marmota —dijo el señor Tortuga.

"Thank you," Mr. Groundhog said as he put on the hat.
Next, he saw Mrs. Squirrel. "Mrs. Squirrel, will you do Groundhog Day for me?"
"I am really sorry, but I would be too afraid to go down into that dark hole
to get to your home. But I have something for you," said Mrs. Squirrel.

—Gracias —dijo el señor Marmota mientras se ponía el sombrero.
Luego vio a la señora Ardilla.
—Señora Ardilla, ¿podrías trabajar en mi lugar el Día de la Marmota?
—Lo siento mucho, pero me daría mucho miedo entrar en ese hoyo oscuro
para llegar a tu casa. Pero tengo algo para ti —le dijo la señora Ardilla.

She reached up and broke some branches off a tree.
"You can use one of these for a cane. It will look nice with your vest and hat."
"Thank you," said Mr. Groundhog as he hooked the branch around his arm.

Extendió su mano hacia arriba y partió unas ramas de un árbol.
—Puedes usar una de estas como bastón.
Se vería muy bien con tu chaleco y tu sombrero.
—Gracias —dijo el señor Marmota mientras
se colgaba la rama en su brazo.

17

As Mr. Groundhog walked back home, he met Mrs. Raccoon.
"Mr. Groundhog, you look very handsome. I have something for you," said Mrs. Raccoon.
She took a piece of ribbon off her head and tied it around Mr. Groundhog's neck.

Mientras caminaba de regreso a casa, el señor Marmota se encontró con la señora Mapache.
—Señor Marmota, te ves muy guapo. Tengo algo para ti —dijo la señora Mapache.
Ella se quitó un lazo que tenía en la cabeza y lo ató alrededor del cuello del señor Marmota.

"Thank you," said Mr. Groundhog.
The next morning, sunlight woke the sleeping groundhog.
Mr. Groundhog got up and hurried into his outfit.

—Gracias —dijo el señor Marmota.
Al día siguiente, el sol despertó a la marmota durmiente.
El señor Marmota se levantó y se puso su conjunto rápidamente.

With all his courage, he reached up and somersaulted out of the hole.
He saw his shadow somersault along with him.
Then Mr. Groundhog tipped his hat to the crowd.
His shadow tipped its hat, too.

Se armó de valor, extendió sus brazos y salió del hoyo dando una voltereta.
Vio su sombra hacer una voltereta al mismo tiempo.
Entonces el señor Marmota inclinó su sombrero en reverencia a la multitud.
Su sombra inclinó su sombrero también.

The band began to play.
Mr. Groundhog reached out his arms and began to dance.
His shadow danced, too.

❧

La banda comenzó a tocar.
El señor Marmota extendió sus brazos y comenzó a bailar.
Su sombra bailaba también.

Mr. Turtle looked at the ground and saw that he had a shadow.
He began to dance. His shadow danced, too.
Mrs. Squirrel joined in. Soon everyone was dancing.

El señor Tortuga miró al suelo y vio que tenía una sombra.
Él comenzó a bailar. Su sombra bailaba también.
La señora Ardilla se unió al baile. Poco después, todos estaban bailando.

"I never knew how much fun a shadow could be," said Mrs. Squirrel. "I'm looking forward to next Groundhog Day."

—No sabía lo divertida que es una sombra —dijo la señora Ardilla—. No puedo esperar hasta el próximo Día de la Marmota.

Mr. Groundhog was happy.
He smiled at his shadow and said, "Thank you, my friend.
I'll see you again the next sunny day."

El señor Marmota estaba contento.
Le sonrió a su sombra y le dijo: —Gracias, mi amiga.
Te veré el próximo día soleado.

Vocabulary

groundhog

shadow

hole

ground

rabbit

vest

turtle

hat

squirrel

cane

Vocabulario

la(s) marmota(s)

la(s) sombra(s)

el (los) hoyo(s)

el (los) suelo(s)

el (los) conejo(s) / la(s) coneja(s)

el (los) chaleco(s)

la(s) tortuga(s)

el (los) sombrero(s)

la(s) ardilla(s)

el bastón / los bastones